AF234042

VENTE

du Lundi 13 Février 1905

HOTEL D'ROUOT — SALLE N° 7

A 2 HEURES

87 Tapis Anciens

DE TURQUIE ET DE PERSE

TAPIS, PORTIÈRES, COUSSINS & ÉTOFFES

en broderie orientale

EXPOSITION PUBLIQUE

Salles 7 et 8

Le Dimanche 12 Février 1905, de 2 heures à 5 heures 1,2

Mᵉ LAIR DUBREUIL, Commissaire-Priseur

M. Arthur BLOCHE, Expert près la Cour d'Appel

PARIS. — IMPRIMERIE C. CHAUFOUR

8-10, Rue Milton, 8-10

CATALOGUE

DE

87 TAPIS ANCIENS

de Turquie et de Perse

Tapis, Portières, Coussins & Etoffes

EN BRODERIE ORIENTALE

dont la vente aura lieu

HOTEL DROUOT — SALLE N° 7

Le Lundi 13 Février 1905

A 2 HEURES

Mᵉ F. LAIR-DUBREUIL
COMMISSAIRE-PRISEUR
6, Rue de Hanovre, 6

M. Arthur BLOCHE
EXPERT PRÈS LA COUR D'APPEL
51, Rue Saint-Georges, 51

EXPOSITION PUBLIQUE

Salles 7 et 8

Le Dimanche 12 Février 1905, de 2 heures à 5 heures 1/2

CONDITIONS DE LA VENTE

Elle sera faite expressément au comptant.

Les acquéreurs paieront 10 o/o en sus des adjudi-
cations.

L'exposition mettant le public à même de se rendre
compte de l'état des objets, il ne sera admis aucune
réclamation une fois l'adjudication prononcée.

PARIS. — IMP. J. CHAUFOUR, P. 10, RUE MILTON

DÉSIGNATION

TAPIS

~~425~~ 1 — Tapis de prière de Bagdad à médaillon central forme losange sur fond rouge,
1^m80/1^m20.

425 2 — Tapis long de Korassan fond bleu à petits dessins polychromes, 5^m/2^m10.

405 3 — Tapis long de Korassan décor à palmes sur fond gros bleu, bordure rouge, 3^m45/1^m75.

400 4 — Tapis long de Korassan décor à fleurs sur fond bleu, bordure rouge, 4^m20/1^m80.

600

5 — Beau tapis long de Korassan offrant cinq médaillons sur fond d'ornements polychromes, bordure fond rouge, 4^m/1^{m}95.

540

6 — Beau tapis Chah Ubbas fond rouge à grands ornements polychromes, 4^{m}45/2^{m}05.

800

7 — Beau tapis long de Perse à fleurs sur fond bleu, bordures de rosaces et fleurs sur fond crême, 6^m/2^{m}20.

300

8 — Tapis long de Perse fond gros bleu à losanges ornés d'arbustes, bordure fond rouge, 3^{m}70/1^{m}95.

300

9 — Tapis de Chiraz fond rouge à ornements polychromes, 3^{m}25/1^{m}50.

10 — Tapis persan fond crême à palmettes, triple bordure fond brun et fond rouge, 2^{m}80/1^{m}15.

11 — Tapis chemin de Perse fond crême à cinq médaillons polychromes, bordure bistre,
3^{m}70/0^{m}90.

12 — Tapis long d'Orient fond blanc à petits dessins, triple bordure fond rouge et bleu,
5^m/0^{m}85.

13 — Tapis chemin fond bleu à petits dessins, triple bordure fond rouge et jaune, 4m50/0m9.5

14 — Tapis persan à rosaces de fleurs sur fond gros bleu, bordure rouge, 4m20/1m90.

15 — Tapis persan à reflets veloutés fond gros bleu à fleurs, large bordure fond bleu.

1m90/1m.

16 — Tapis persan à trois médaillons et palmes sur fond bleu, 1m80/1 mètre.

17 — Tapis persan à quatorze médaillons multicolores et à reflets veloutés, 2m55/1m50.

18 — Tapis persan à quatre médaillons sur fond brun, triple bordure crème, bleu et jaune,

2m05/1m.

19 — Tapis persan à décor de petits dessins crème sur fond rouge, 3m15/1m15.

20 — Tapis de Korassan fond noir à fleurs et feuillages, bordure à arabesques fleuries.

4m05/2m40

21 — Tapis long persan à huit médaillons ornementés sur fond rouge, 3m30/1.

22 — Tapis persan fond bleu à petits dessins
polychromes, 3m10/1m10.

23 — Petit tapis persan fond gros bleu à ornements en polychrome, 1m40/0m90.

24 — Tapis persan à dessin de fleurs sur fond
bleu, triple bordure fond crème et rouge,
2m45/1m10.

25 — Tapis persan à dessin de fleurs sur fond
bleu, 2m60/1m15.

26 — Tapis persan à deux médaillons sur fond
bleu, triple bordure à fond crème et rouge,
1m65/0m90.

27 — Tapis persan à décor de palmes sur fond
bleu, 2m05/1m25.

28 — Tapis persan à décor de rosaces sur fond
rouge, triple bordure à fond crème et vert,
1m90/1m15.

29 — Tapis persan à décor de fleurs sur fond noir, quadruple bordure rouge, crème et jaune, 2m20/1m30.

30 — Tapis persan à ornements fleuris et losanges sur fond jaune d'or, 2m/1m30.

31 — Tapis persan orné de douze médaillons ornementés sur fond gros bleu, bordure jaune, 2m45/1m30.

32 — Tapis long d'Orient fond gros bleu orné d'animaux et de petits personnages et de grands médaillons polychromes, 3m35/0m85.

33 — Tapis de Bagdad à décor polychromé, triple bordure fond jaune et bleu turquoise,

2m10/1m30.

34-35 — Deux tapis chemins fond rouge à dessins polychromes, 3m75/0m80; 3m80/0m80.

36 — Tapis dessus de selle fond noir à palmes.

37 — Tapis dessus de selle fond jaune à palmes.

38 — Tapis dessus de selle fond gros bleu.

39 — Tapis chemin fond bleu à rosaces.

$3^m65/1^m$.

40 — Tapis chemin fond bleu à ornements polychromes, quadruple bordure rouge et blanc,
$3^m65/0^m95$.

41 — Tapis chemin fond bleu à grandes palmes,
$4^m80/1^m$.

42 — Tapis Chah Abbas fond rouge à rosaces, bordure fond bleu, $3^m10/1^m65$.

43 — Tapis de prière à dessins multicolores,
très fins, $2^m/1^m20$.

44 — Tapis de prière fond blanc à petits dessins, $2^m05/1^m25$.

45 — Tapis de Bagdad décor de parterre de
fleurs sur fond noir, $2^m05/1^m30$.

46 — Tapis de Bagdad à losange central sur
fond jaune ornementé, $1^m90/1^m35$.

47 — Morceau de tapis fond bleu à ornement,
$1^m35/0^m70$.

48 — Tapis persan fond blanc à fleurs rouges, 2/1m30.

49 — Tapis persan fond vert à ornements polychromes, 2m05/1m30.

50 — Tapis de Chiraz à reflets veloutés décor de médaillons, 2m15/1m55.

51 — Tapis chemin fond bleu à médaillons, bordure crème, 3m75/0m90.

52 — Tapis chemin fond bleu à médaillons et ornements polychromes, 3m40/0m95.

53 — Tapis persan à trois médaillons forme losanges, 2m45/1m75.

54 — Tapis galerie fond bleu à petits dessins, 4 mètres/1 mètre.

55 — Tapis chemin fond bleu à petits dessins polychromes, 3m90/1m.

56 — Portière de Kilim, à médaillons hexagonaux, 2m75/0m55.

57 — Tapis persan décor de médaillons carrés et
rectangulaires, $2^m25/1^m35$.

58 — Tapis chemin orné de losanges polychromes, $3^m/0^m95$.

59 — Tapis chemin à six bordures, fond bleu et
jaune, $4^m55/1^m10$.

60 — Tapis analogue. $4^m65/1^m05$.

61 — Tapis persan à fleurs et ornements sur
fond rouge, large bordure, $2^m/1^m45$.

62 — Tapis persan fond bleu à cinq médaillons
de forme octogonale, $2^m80/1^m30$.

63 — Tapis de table de Bagdad à médaillon blanc
central sur fond rouge à fleurs, $1^m90/1^m10$.

64 — Tapis analogue sur fond brun, $2^m/1^m25$.

65 — Tapis galerie orné de onze médaillons et
trois bordures, $3^m75/1^m$.

66 — Tapis analogue, $3^m90/1^m$.

67 — Tapis de Chiraz orné de trois médaillons fond crème et d'ornements polychromes.
1m80/1m30.

68 -- Tapis de Chiraz à reflets veloutés à trois médaillons sur fond crème à quadrillés.
2m05/1m45.

69 — Tapis de Chiraz fond bleu et médaillons blancs, bordure à animaux sur fond crème.
|1m65/1m05.

70 — Tapis velouté de Chiraz à animaux et petits médaillons sur fond blanc, 2m10/1m40.

71 — Tapis velouté de Chiraz fond rouge à petits dessins, bordure gros bleu, 3m10/1m65.

72 — Tapis de Chiraz velouté à ornements multicolores, 3m10/1m65.

73 — Tapis de Chiraz à ornements sur fond bleu, bordure crème à semis de fleurs, 1m95/1m45.

74 — Tapis de Chiraz fond crème à ornements polychromes, 2m65/1m55.

75 — Tapis de Chiraz à petits dessins et animaux disposés en quatre bandes sur fond
crème, 2m70/1m35.

76 — Tapis Chiraz à losange central blanc
sur fond gros bleu et polychrome, 2m30/1m45.

77 — — Tapis de Chiraz à dessin rouge sur fond
bleu, 2m25/1m85.

78 — Tapis de Chiraz à quatre médaillons ornementés rouge sur fond bleu, 2m80/1m50.

79 — Portière de Karamanie à dessins géomé-
triques, 2m80/1m60.

80 — Tapis du Maroc à décor polychrome sur
fond rouge, 5m15/2m10.

280   81 — Tapis de Chiraz fond gros bleu à ornements
polychromes, 3m85/1m90.

505   82 — Tapis de Chiraz fond gros bleu à ornements
polychromes, 3m60/1m75.

300   83 — Tapis de Chiraz à ornements, palmes et
médaillons, sur fond bleu, bordure rouge,
4m35/1m90.

84 — Tapis de Chiraz fond gros bleu à dessins blancs et polychromes, 3^m60/1/75.

300   85 — Tapis de Chiraz à deux médaillons crème sur fond rouge ornementé, 3^m75/1^m75.

245   86 — Tapis de Chiraz fond bleu à décor d'arbre, bordure rouge, 2^m35/2^m30.

87 — Tapis de Chiraz à médaillon central, quatre bordures fond jaune, rouge, blanc et vert, 3^m90/1^m80.

ETOFFES BRODERIES

88 — Tapis de prière de Recht fond de velours brun orné d'applications offrant au centre un minaret bordure à branchages de fleurs.

89 — Tapis de prière de Recht brodé et orné d'applications à vase fleuri.

90-91 — Deux tapis persans de prière en velours noir brodé de soie et d'argent à fleurs et oiseaux.

92 — Tapis en satin jaune brodé de soie à branchages de fleurs.

93-94 — Deux carrés analogues.

95 — Bandeau analogue avec bordure à lambrequin.

96 — Tapis de soie fond brun brodé d'argent avec médaillons et palmes.

97 — Neuf coussins en velours bleu brodé de fils dorés et de rinceaux.

98 — Coussin long analogue.

99 — Garniture de divan analogue.

100 — Portière analogue.

101 — Cinq coussins en tapis de Scutari à dessins rouges sur fond bleu ciel.

102 à 111 — Dix tapis de table en toile et linon brodés de soie à décors variés.

112 — Tapis de Boukhara fond rouge brodé de soie à rinceaux feuillagés fleuris.

113 — Tapis de Boukhara fond rouge à rosaces et rinceaux verts.

114 — Tapis de Boukhara fond jaune orné d'applications bleu, rouge et vert à ornements.

115 — Tapis de Boukhara fond crème à branchages fleuris bordure à grandes rosaces.

116 à 125 — Dix tapis de Boukhara décor à branchages roses et ornements variés sur fonds crème et blanc.

RED. :

16

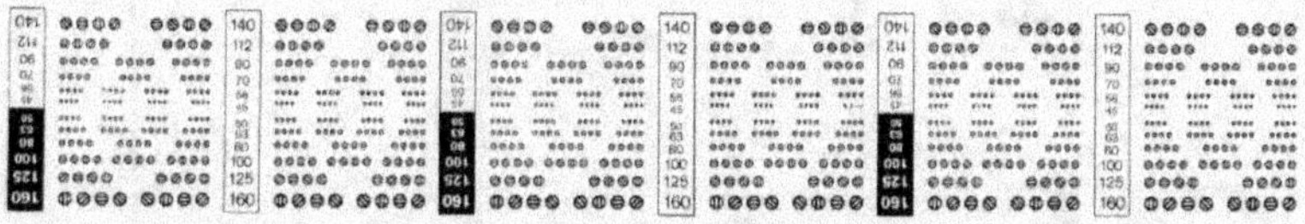

MIRE ISO N° 1
NF Z 43-007
AFNOR
Cedex 7 - 92080 PARIS-LA-DÉFENSE

graphicom
379.89.70

0 1 2 3 4 5 6 7 8 9 10

BIBLIOTHEQUE NATIONALE DE FRANCE

****

CHATEAU DE SABLE

1996